Esta obra foi publicada originalmente em holandês com o título
EEN GROTE EZEL, por Leopold, em Amsterdam.
Copyright © 2000 Rindert Kromhout para o texto.
Copyright © 2000 Annemarie van Haeringen para as ilustrações.
Copyright © 2002, Livraria Martins Fontes Editora Ltda.,
São Paulo, para a presente edição.

1ª edição
fevereiro de 2003

Tradução a partir do francês
MONICA STAHEL

Produção gráfica
Geraldo Alves

Dados Internacionais de Catalogação na Publicação (CIP)
(Câmara Brasileira do Livro, SP, Brasil)

Kromhout, Rindert
    Um burrinho grande / Rindert Kromhout ; ilustrações de Annemarie van Haeringen ; tradução Monica Stahel. – São Paulo : Martins Fontes, 2002.

    Título original: Een Grote Ezel.
    ISBN 85-336-1683-X

    1. Literatura infanto-juvenil I. Haeringen, Annemarie van. II. Título.

02-5253   CDD-028.5

Índices para catálogo sistemático:
1. Literatura infantil   028.5
2. Literatura infanto-juvenil   028.5

Todos os direitos desta edição para o Brasil reservados à
Livraria Martins Fontes Editora Ltda.
Rua Conselheiro Ramalho, 330/340 01325-000 São Paulo SP Brasil
Tel. (11) 3241.3677 Fax (11) 3105.6867
e-mail: info@martinsfontes.com.br http://www.martinsfontes.com.br

Rindert Kromhout

Um burrinho grande

Ilustração de
Annemarie van Haeringen

Tradução: Monica Stahel

Martins Fontes
São Paulo 2003

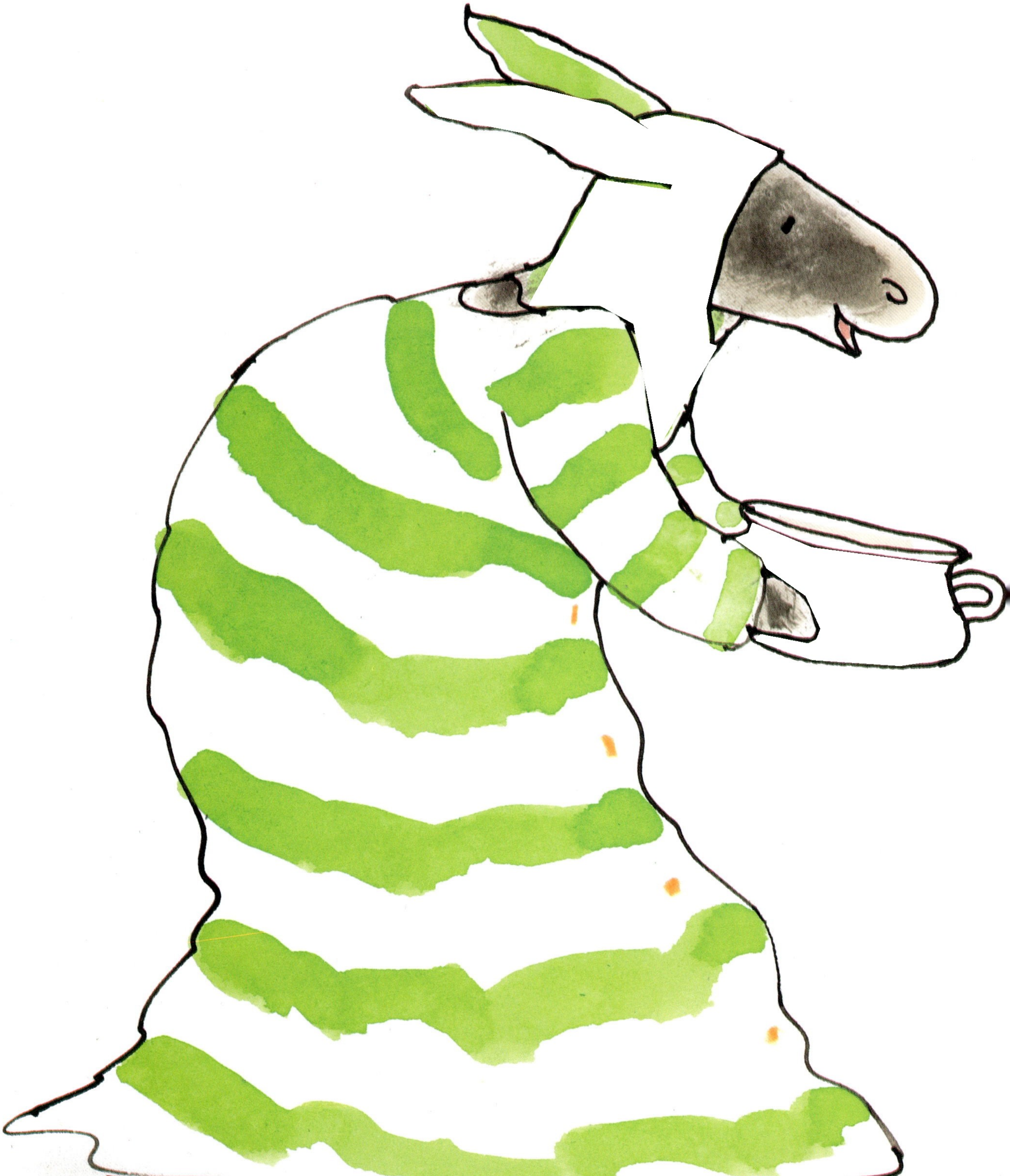

— Levante-se — diz a Mamãe, com voz doce. — Antes de tudo, o penico.

— Eu sei me virar sozinho — diz o Burrinho, bocejando.

6

— Agora a roupa — diz a Mamãe. — Deite-se de costas e levante as patas.
— Eu sei me virar sozinho — diz o Burrinho.

8

— Abra o bocão — diz a Mamãe. — Uma colher para...
— Eu sei me virar sozinho — diz o Burrinho.

— Que desenho bonito — diz a Mamãe. — É para mim?
O Burrinho balança a cabeça. — Não, é para o Porco. Hoje é aniversário dele.
— O Porco vai gostar. É um belo presente — diz a Mamãe. — E se a gente fosse levar para ele?

— Eu já sou grande — diz o Burrinho. — Não precisa vir comigo.
— Então, bom passeio, meu querido burrinho grande — diz a Mamãe. — Mas não volte tarde. E não fale com animais estranhos. Cuidado também com…
— Eu sei, eu sei — diz o Burrinho, muito seguro.
E ele vai embora, sem nem se despedir da mãe.

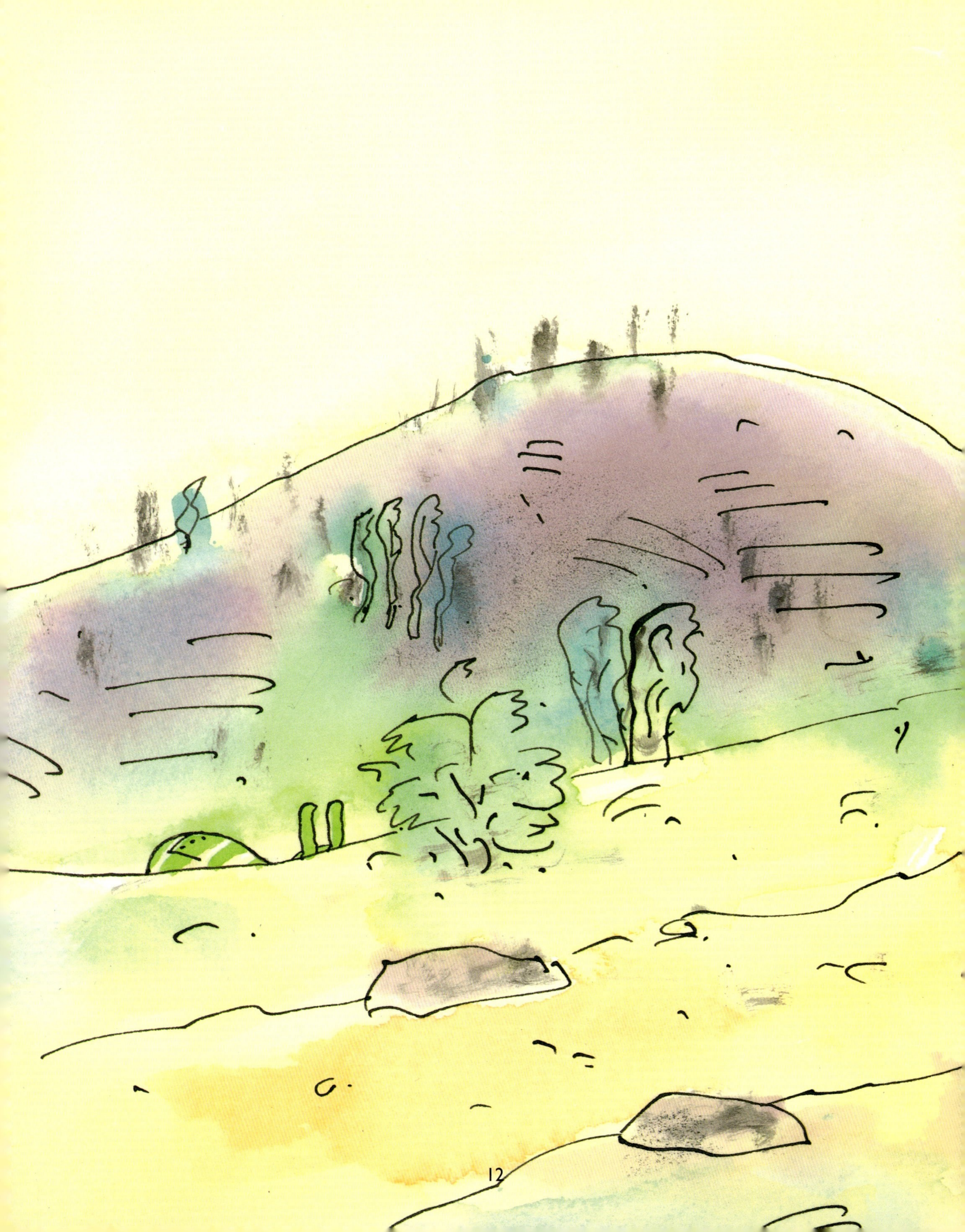

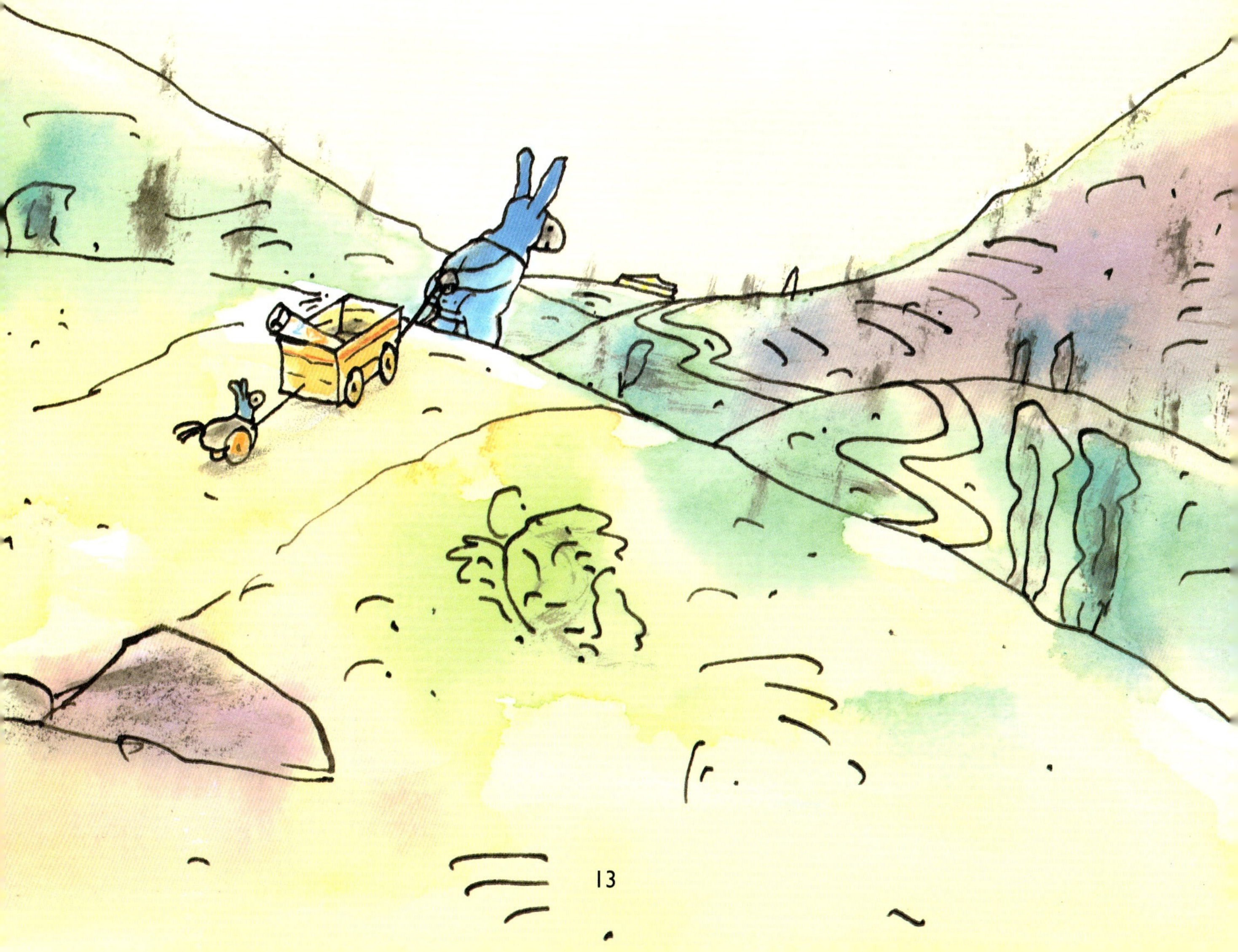

— Bom dia, garotão — diz o Macaco. — Sozinho pela estrada? Quer um pouco de companhia?
O Burrinho aceita com prazer.
O Macaco anda depressa, muito mais depressa do que a Mamãe.
Logo o Burrinho está sozinho de novo.

O Burrinho continua seu caminho.
O mundo é grande e suas patas são pequenas.
Ah, que vontade de descansar um pouco, no conforto do seu carrinho, e a Mamãe empurrando.
Mas a Mamãe não está com ele…

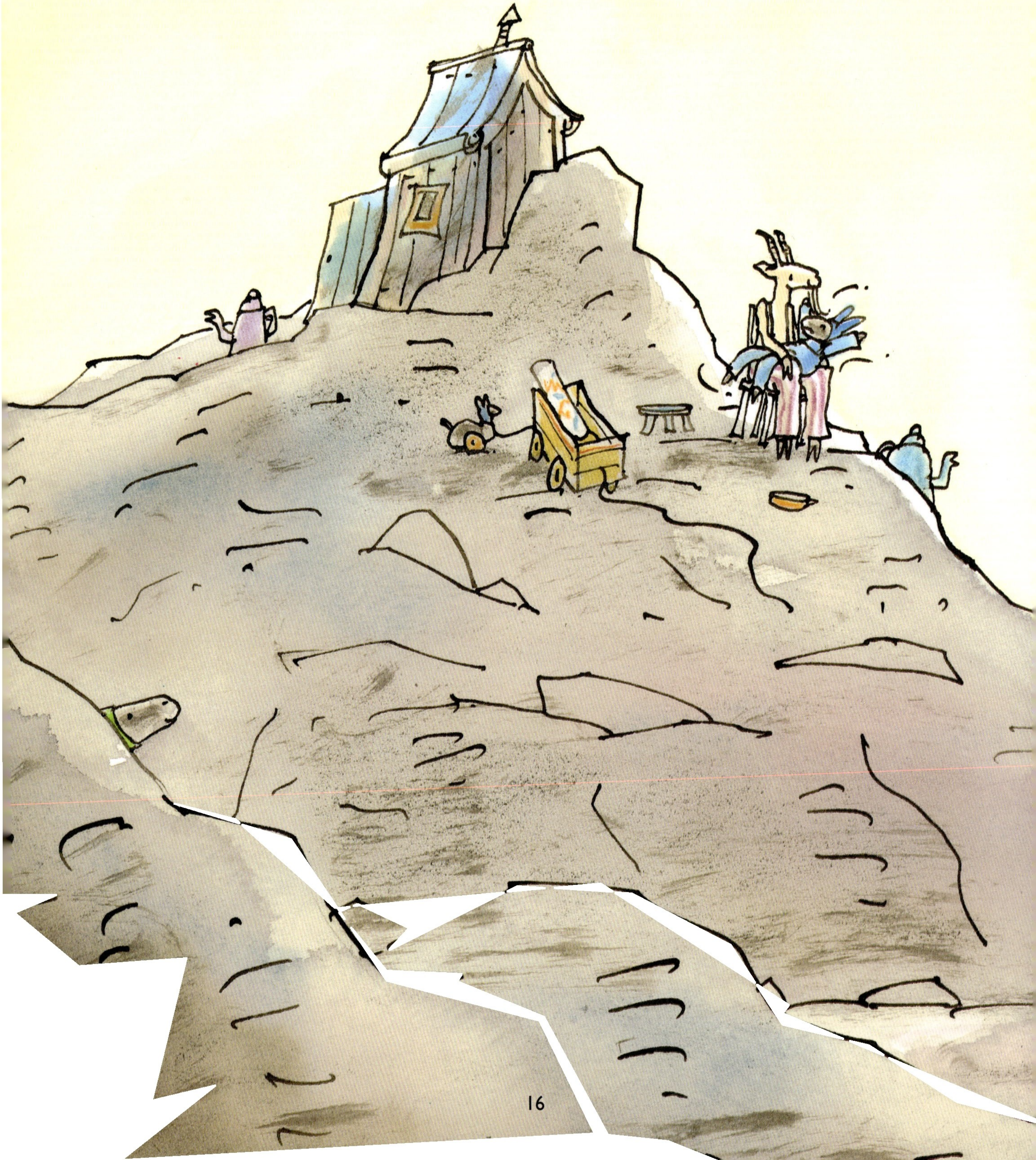

— Cansado, garoto? — pergunta o Bode. — Sente-se um pouco no meu colo.
Os joelhos do Bode são duros e frios.
O Burrinho não consegue se acomodar.
Pensa em sua casa, e essa lembrança lhe arranca um suspiro profundo.

Pela estrada passa um carro, levantando uma nuvem de poeira.
Tossindo, pigarreando e todo empoeirado, o Burrinho continua seu caminho.

— Como você está sujo, rapazinho — diz a Marmota. — Se a sua mãe visse! Entre, vou lhe dar um banho.

Ela enfia o Burrinho num balde cheio de água com sabão e começa a esfregá-lo com uma escova dura.

O Burrinho pensa na esponja macia e na banheira espaçosa de sua casa.

Assim que a Marmota o larga, o Burrinho salta fora do balde e continua seu caminho.

O Burrinho fica com vontade de fazer xixi. Ele bate à porta do Texugo.

— Fazer xixi? — exclama o Texugo. — Mas aqui não tem penico. Eu não tenho filho pequeno.

— Eu sou um burrinho grande — diz o Burrinho. — Sei me virar sozinho.

No banheiro do Texugo o Burrinho sente um cheiro esquisito. Também ouve uns barulhos estranhos.

O Burrinho faz um xixizinho de nada e volta para seu longo, longo caminho…

Já está começando a escurecer quando o Burrinho finalmente chega à barraca do Porco.

— É o desenho mais lindo que já ganhei! — diz o Porco, encantado. — Vou colocá-lo na minha cozinha. Você merece uma recompensa. Veja só o que o espera: um delicioso bolo de limão, feito em casa, com avelãs e pinhões.

O Burrinho prova o bolo.

É amargo e cheio de pedacinhos duros.

O Burrinho afasta o prato.

— Está na hora de voltar para casa — ele diz.

21

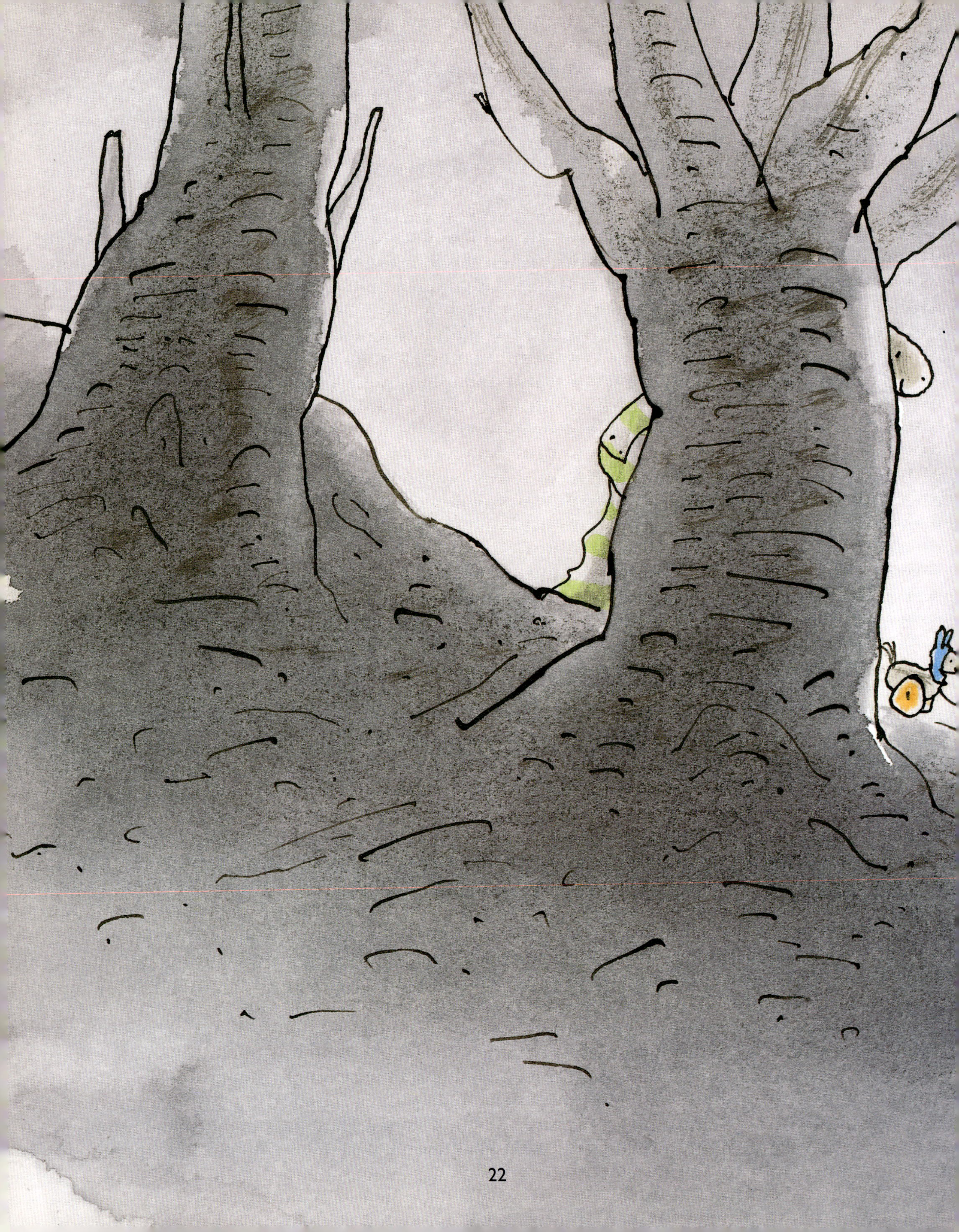

De repente ele tem a impressão de que sua casa é muito, muito longe! E que escuridão!
O Burrinho começa a tremer. Está com dor nas patas e suas orelhas estão muito pesadas.
Ele não agüenta mais. Exausto, deita no chão...
O chão está frio e o Burrinho pensa no calorzinho gostoso do seu quarto aconchegante. Ali ele não vai conseguir dormir.

O Burrinho vai se deitar num canto de capim.
Umas folhas pontudas espetam sua barriga.
O capim não é macio como a cama do seu quarto aconchegante.
Ali ele nunca vai conseguir dormir.
O Burrinho tenta se refugiar debaixo de uma árvore. A casca é rugosa e não é fofa como os travesseiros da cama macia do seu quarto aconchegante.
Ali ele também não vai conseguir dormir.

O Burrinho se encolhe, encostado numa coisa grande e escura.

Aquela coisa grande e escura é uma delícia.

Finalmente o Burrinho encontrou um lugar confortável.

Ele sente um cheiro suave e quente, como em casa.

Dessa vez o Burrinho vai conseguir pegar no sono.

Feliz, ele fecha os olhos.

— Bom dia! — diz a Mamãe. — Sabe, meu querido burrinho grande, comigo você pode contar sempre.

27

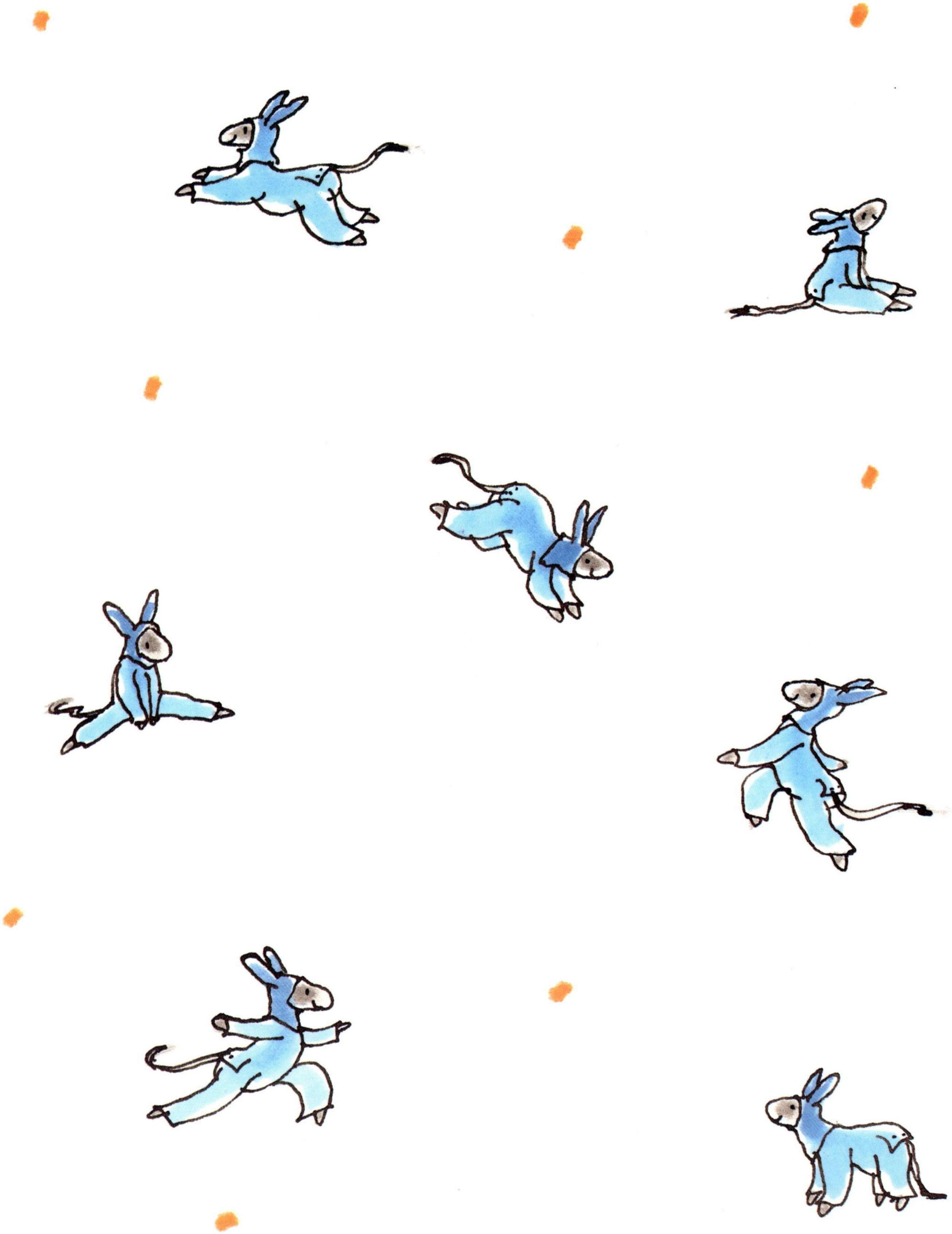